ZHONGYANGMEISHUXUEYUAN
XUESHENG ZUOPINJINGXUAN
SUXIE

中央美术学院学生作品精选

# 速写

唐斌 编著

江西美术出版社

# 目录

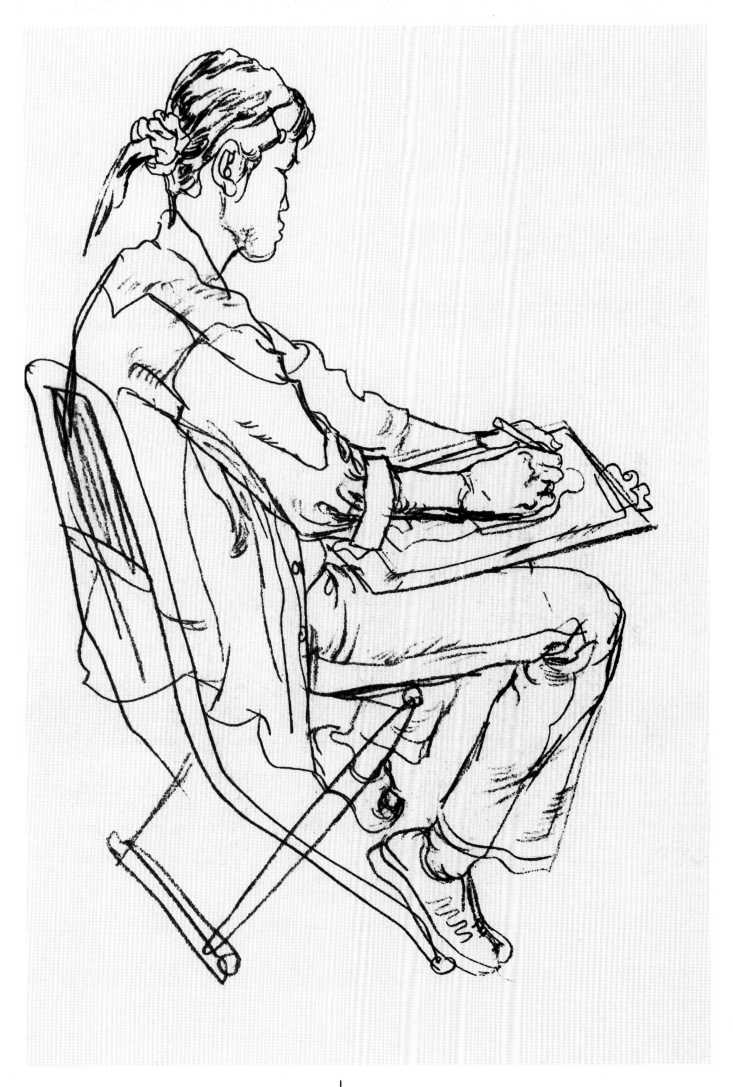

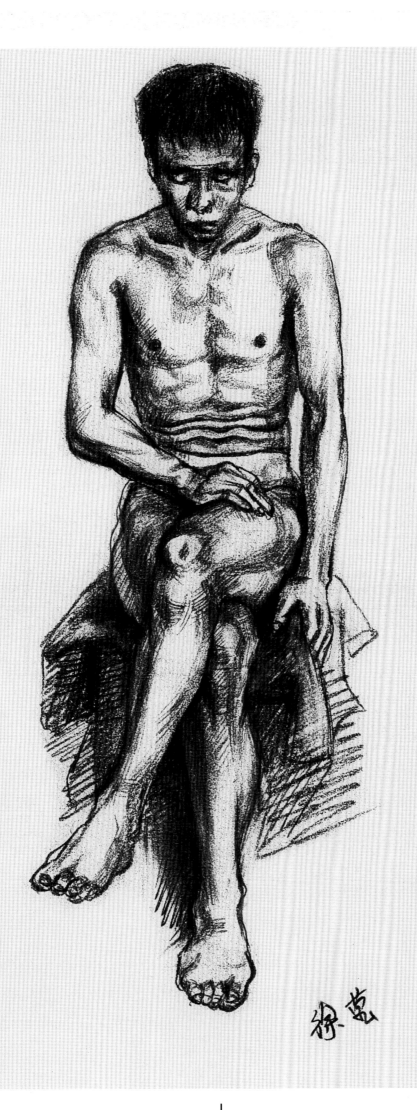

凌更衡的大狼.

二〇一二年十月二日

景物

公元二〇〇四年春·兵
写于四川剑阁剑门

43

二千三年六月写于
四川省桃坪羌寨

山花三月整住手 长处无写柱头 移民房山平峪村！

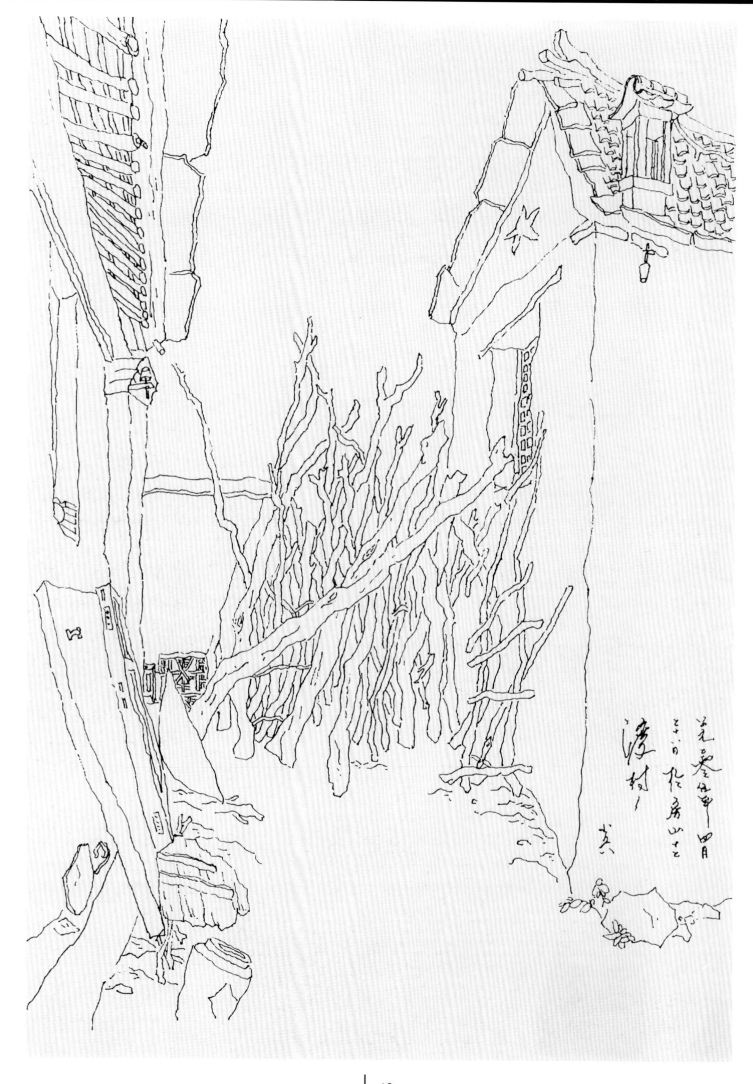

2005.4.27日下午
大兵!

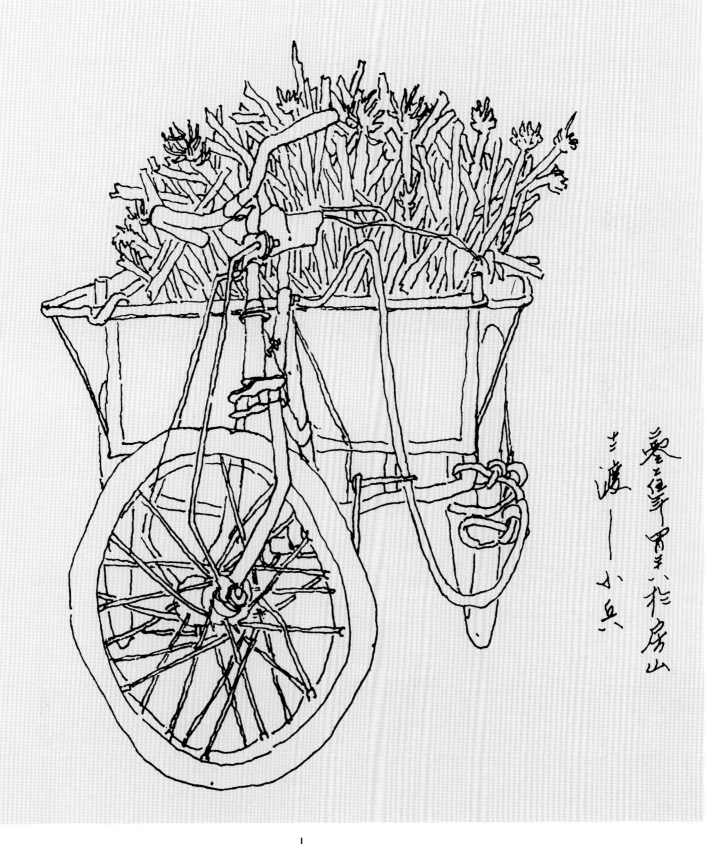

磬工匠每一种房山
三渡——か兵

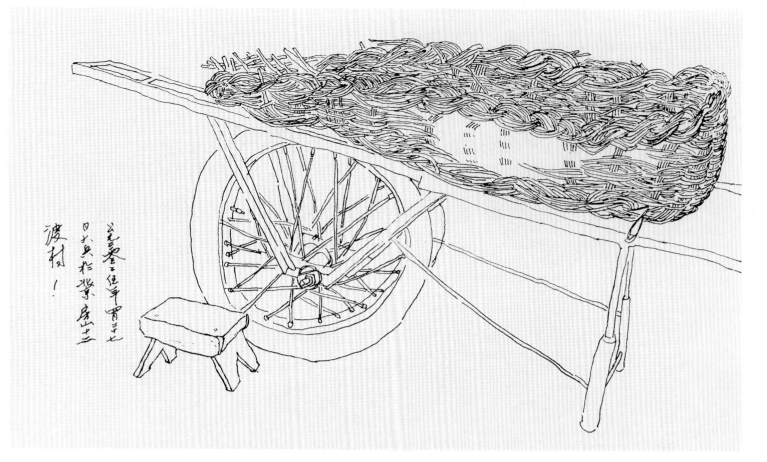

**图书在版编目（CIP）数据**

速写／唐斌编著.—南昌:江西美术出版社，2007.6
（中央美术学院学生作品精选）
ISBN 978-7-80749-157-6

Ⅰ.速… Ⅱ.唐… Ⅲ.速写—作品集—中国—现代
Ⅳ.J224

中国版本图书馆CIP数据核字（2007）第072443号


中央美术学院学生作品精选 · 速写

编著 唐 斌
出版 江西美术出版社
社址 南昌市子安路66号
电话 0791-6565832 邮编 330025
网址 www.jxfinearts.com
发行 全国新华书店
印刷 深圳华新彩印制版有限公司
印张 3.5
开本 965毫米×1270毫米 1/16
版次 2007年6月第1版
印次 2007年6月第1次印刷
印数 6000册
ISBN 978-7-80749-157-6
定价 16.00元